그렇게,
웃어 줘

그렇게, 웃어줘

지은이 머스터드
펴낸이 안용백
펴낸곳 (주)넥서스

초판 1쇄 발행 2016년 4월 30일
초판 2쇄 발행 2016년 5월 4일

출판신고 1992년 4월 3일 제311-2002-2호
04044 서울시 마포구 양화로 8길 24(서교동)
Tel (02)330-5500 Fax (02)330-5555

ISBN 979-11-5752-752-6 03810

www.nexusbook.com
넥서스BOOKS는 (주)넥서스의 실용 전문 브랜드입니다.

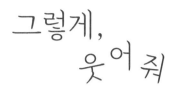

그렇게, 웃어 줘

머스터드 포토 에세이

넥서스BOOKS

Prologue

언제나 그렇게, 웃 어 줄 게 요.

오늘 하루 어땠나요?
시험 공부하랴, 취업 준비하랴, 매서운 상사의 눈치보랴...
아니면 버거운 육아에 힘들지는 않았나요.
세상이 나만 힘들게 한다는 생각이 들어도,
우리 너무 기죽지 말아요.

잊고 있던 나를 되찾아 보아요.
당신은. 언 제 나, 웃 음이 많은 사람이었어요.
누구보다 웃 음이 아름다운 사람이에요.

어렸을 적 나에게 말을 걸어 보아요.
동심 속 행복한 모습으로

더 많이 상상하고,
더 많이 표현해요.

이제 책장을 펼치면
우리의 상상 속 모험이 시작될 거예요.
어떤 일들이 펼쳐질지 알 수 없어도
웃는 거예요! 내가 웃게 해 줄게요.
그리고 또 함께 웃어요. ^^

Contents

꼭
꼭
숨어라

Chapter 1 봄바람 한 스푼

봄
맞
이

파란 바다 가로질러
봄맞이를 나가요.

두 팔 벌려 기다리면
따뜻한 봄이 더 빨리 온대요.

하루
해녀

소다맛 바닷물을
다 길으려면
100년쯤 걸릴까요.

함께
물질하러
가실래요?

떠나자,
보물섬으로!

이 세상에서 가장 보물이 많다는 제주도로 함께 떠나요.
그곳에서 나만의 보물을 찾아 보아요.

얼마나 뛴 걸까

내가 사뿐히 뛰었을 땐
몸무게가 0킬로

사진 찍을 때 뛰는 것을 좋아한다. 엄밀히 말하자면,
가만히 서 있는 사진보다는 뛰는 사진에서 더 자연스럽고,
더 잘 웃게 되어서 뛰기 시작했다. 얼마 전 학창 시절 사진
을 보니 그때도 어김없이 뛰고 있었다. 교복을 입고 바다
앞에서, 머리를 흩날리며...신기했다.

뛰는 게 천성인가 보다.

내 마음도 　　　　　　　　　　　말랑말랑

내가 잘못했어여　　　　말랑말랑　　　　마시멜로　　　　다 먹었어여

❀RM ©http://streetartist.kr

길가다 마주친
연탄 친구들

" 나는 매직과 가위를 가지고 다닌다.
   언제 어디서 아이디어가 떠오를지
   모르니까! "

이왕이면 소품을 가지고 사진 찍는 것이 더 재미있다. 그러
면 내가 굳이 안 뛰어도 된다. ^^ 여느 여자들과 마찬가지로
내 얼굴이 예쁘게 나오면 좋겠지만 가만히 있으면 화나 보이는
것 같은 표정 탓에, 얼굴을 가려 보고자 한 것이다. 그런데
어느 순간 아이디어를 생각해 내고 만드는 과정이 흥미로워
지기 시작했다.

네가 불어올 때
나는 춤을 춰

내가 춤을 추면
네가 다가와서
나만 알 수 있는 목소리로
속삭이지.

봄이 왔다고.

자연은 최고의 소품이다. 특히 벚꽃이 흩날릴 때쯤이면 시간을 붙잡고 싶을 정도로 아름다운 광경이 펼쳐진다. 값비싼 카메라도, 반사판도 필요없다. 4월의 태양이 쏟아 내는 따뜻한 빛. 그리고 그 빛에 반사되어 만들어진 벚꽃색 그림자는, 굳이 눈을 찡그리지 않아도 편안하게 바라볼 수 있는 동화 속 나라를 만들어 준다. 그리고 전국이 분홍빛 스튜디오가 된다. 벚꽃은 대부분 비를 동반한다. 꽃잎이 많이 떨어져 있지 않으면서 햇살도 비추는, 거기에 주말에 사진을 찍기란 매우 어렵다. 이 때문에 더 떨리는지도 모르겠다. 올해도 예쁜 사진을 찍고 싶은 마음에서!

꽃 비

움켜쥐었던 손을 펴면
나도 모르게 행복한 시간

아무 생각이 안 나.

한순간 찬란했던 벚꽃 패러다이스가 지나고 나면, 아쉬운
마음을 달래주는 겹벚꽃이 피기 시작한다. 물론 벚꽃잎도
곱지만 겹벚꽃이 조금 더 커서 나 혼자서 폭죽놀이 하기
좋다. 겹벚꽃 꽃잎을 신이 나서 줍다가 흙까지 같이 주워
버리는 경우도 있는데, 흙 파티가 되는 불상사는 피하는 게
좋겠다. 호호 ^^

그대 이름은
바람 바람 바람

머릿결의 비결은

봄바람 한 스푼

안아 줘

오늘도 수고한 당신께 드리는
선홍색 봄다발

같이 잘 걸어다니는 친구가 있다. 분명 둘이 걷고 있었는데 정신 차리고 보면 나 혼자 걷고 있다. 무슨 일인지 돌아보면 나보다 몇 걸음이나 뒤쳐져서 핸드폰으로 하늘을 찍고 있다. 처음에는 비행기라도 지나가나 생각했는데 그냥 구름이 예뻐서 찍었다고 한다. 빨리 지하철을 타러 가야 하는데, 나는 시계만 보고 있는데... 마냥 하늘을 보고 낭만을 느끼는 그 친구를 이해하지 못했다. 그다음 날도 그랬고, 그 다음다음 날도 그랬다.

듣자 하니 그 친구의 취미가 사진 찍는 것이었다. 그리고 자신이 찍은 사진을 웹 상에 활발하게 공유하고 있었다. 사진을 공유한다는 개념을 처음에는 잘 이해하지 못했는데, 그 친구의 권유로 나도 사진이라는 것을 찍고, 그것을 웹 상에 올리게 되었다. 그제야 어제나 오늘이나 다 같은 하늘인데 왜 또 찍냐면서 핀잔을 주었던 것이 새삼 미안해졌다. 사진을 찍으면서 세상을 보는 눈이 확연히 달라졌기 때문이다.

오늘 하늘은 더 높고 광활했고, 어제 하늘은 막 지나간 비행기 자국에 더 명랑했다.

이후 나는 같이 잘 걸어다니는 친구와 서로 하늘을 보며 사진을 찍게 되었다. 물론 이제는 내가 먼저, 나 좀 기다려 달라는 말을 더 자주 하지만. 뭐, 그래도 재밌다.

5월의 옐로

우리나라
좋은나라 동남아 별거 있나
우리나라 최고

하트가
주는
고마움

차곡차곡
모은 하트를
당신을 위해
나누어 드릴게요.

조금은 괴짜처럼 보일지 모르겠다. 나도 모르는 내 안의 에너지가 발산된다. 누구보다 자유를 갈망하고 행복해지고 싶은 욕구가 쏟아지는 것 같다. 내가 만든 사진 속 세상에서는 모두가 평화롭고 생기 넘쳤으면 좋겠다. 기분 좋은 에너지로 지친 하루의 위로가 될 수 있었으면 더 좋겠다.

내가 선택한 에너지 분출법이 남들과는 조금 다를지라도, 내가 재밌고 내가 신나면 그걸로 족하다. 오히려 내적으로 방황하던 나에게 무언가를 표출할 수 있는 방법을 알게 된 것 같아 너무 감사할 뿐이다.

방금 막 건져온 댓글!

점프, 점프!

낯도 많이 가리고 쑥스러움도 많은 나는, 사진 찍을 때도 마찬가지로 최대한 인적
이 드문 곳을 선호한다. 정말 아무도 없는 곳으로... 그러다가도 누군가가 저 멀리
서 내 쪽으로 걸어오는 게 어렴풋이 보이면 폴짝폴짝 뛰다가도 어찌나 그리도
가만히 있을 수 있는지... 얼음 땡 놀이가 따로 없다. 지나가던 사람이 다시 점이
되어 사라지면, 언제그랬냐는 듯 다시 발랄하게 움직이기 시작한다. 점프! 점프!

바다는 즐거워

잠시 모래밭 좀 빌릴게요.
신발에 흙이 들어가도 좋 아 요.

숙녀 일기

오늘은 동심으로 안내해 줄
책을 읽을 거예요.

장마가 다가오는 늦은 봄에는
쨍쨍한 여름을 기다리며
잠시 쉬어 가요.

친한 지인이 대뜸 피터팬이 좋은지 인어공주가 좋은지
물었다. "피터팬이요" 라고 대답한 후 얼마 지나지 않아
집으로 피터팬 팝업북이 도착했다. 사실 피터팬 줄거리도
잘 모른다. 내가 아는 건 오로지 피터팬은 날 수 있다는 거~

나도 날. 고. 싶. 다.

책도 열심히 읽고
조신조신 당당히 걸으면
숙녀가 될 수 있겠지요?

여기 어딘가에
내 것이 있을 거야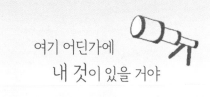

찾아라 ! 500원

공중 부양

택 배 왔 다

양들이, 침묵

Chapter 2 아이구 뜨거워

수박이 안녕?

내가 아는 수박 중에
네가 가장 청순해.

수박 수박 수

신이 난다 신이 난다.
시원한 여름!

하지만 난 널 먹어야 해.

잠시... 나를 잊었다.

이번주 로또 당첨 번호는요!

숨은 글씨 찾기

3가지를 찾아보세요!

이건 못 찾겠지? ㅎ ㅎ ㅎ

정답

그대, 청춘

아무 생각 말고
시원한 여름 바람에
몸을 맡겨요.

두려워 말아요.
청춘. 두 글자로 충분해요.

이 생각 저 생각
그만해도 돼요.

내가 가진 밝은 에너지를
나누어 줄 게 요.

♫ 태극기가 바람에 펄럭입니다 ♪

솔!

안녕?
에펠,

여유 있어 보이는 파리 사람들...
앉아 있는 이 순간도 꿈이 아니길

아이구 등 뜨거워
여유는 무슨
어서 그늘로 가고 싶다.

뛰어라
하나도 덥지 않은 것처럼

돌아라
아무도 안 쳐다보는 것처럼

웃어라
여기가 네 땅인 것처럼

빙글빙글
빙글빙글

발사 준비

발사 완료

배경과 하나가 되었다고 합니다.

Chapter 3 이상한 나라의
머스터드

윤슬 :
햇빛이나 달빛을 받아 반짝이는 잔물결.
순우리말

나 좀 바라봐 줘

나를 바라본다면
더 이상 외롭지 않을 거야.
진짜야!

가까이
가까이 가까이
나에게 조금 기대도 좋아!

가을은
비둘기의
계절

더 높고 더 멀리 창공을 날아서
잘생긴 남자를 물고 돌아와.

뱉… 뱉어!

비둘기가 물어다 준
신상 사랑

왕관 쓴
Mur틸다

레옹 님 은 지금
출타 중이십니다.

빨강이
인디언

안녕하세요.
숲에 살아요.

먹잇감을 찾아서   소리도 내고

춤도 춰요.

돌
레미파솔라시
돌
♪ ♩ ♫

가을 베짱이가 선사하는
띠르르르 기타 사운드

방구석 어딘가에 우크렐레가 있다. 실제 악기를 사용할
수도 있었지만, 언제부터인가 직접 하드보드지에 밑그림을
그려 가위로 잘라내는 게 더 편하다. 내가 만든 아기자기한 것
이 좋다. 핸드메이드.

한글날
특집

나랏말싸미
듕귁에 달아
문자와로
서르 사맛디 아니할세

온몸으로 표현하는
ㅋㅋㅋㅋ
세종대왕님
보고 계시죠

아침에 눈을 떠보니 문득 말풍선이 내 머리 위로 떴으면 좋겠다고 생각했다. 사람들이 즐거워할 때마다 웃음 가득한 말풍선이 펑펑 생겨나는 것이다. 한글날을 맞아 말풍선을 만들어야겠다 생각하고, 그날 오후 신나는 마음으로 학교를 찾아갔다. 이번에도 역시 종이와 매직으로!

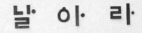

시 작   앞 면

장 풍   신이 나느냐

뒷 면   본의아니게 옆면

허이~   예~

이상한
나라의
머스터드

눈에 잘 보이는 길이라면
그건 내 길이 아니야.

당장 어디로 갈지 알 수 없어도
그냥 저질러 보는 거야.

모험은 지금 네 손안에 있어.

토끼야,
어디 있니?

두근두근
오늘부터 나는
숲 속의 모험가!

토끼야, 널 위해 주머니에
당근 10개를 준비했어.

Where Are You?

이영차
이영차

내가 가는 길이 모험이지.

카드 발견!

아쉽게도
토끼는 만나지 못했어.

"어? 저기 카드가 보이네?"

찾으려 했던 걸 찾지 못하면 어때,
새로운 경험도 재미있을 거야.

정답이 눈앞에 보이지 않으면 어때,
우거진 샛길도 재미있을 거야.

나 지금 너무 신나,
아무 생각 하지 말고
날 따라와 줘!

Mission 1.
머스터드 카드를
찾아서

다음 모험으로 떠나기 위해선
나를 쏙 빼닮은
머스터드 카드가 필요해.
슬슬 움직여 볼까!

여기에 있을까?
저기에 있을까?

쉿 쉬잇-

Mission 2.
나처럼 해봐요
이렇게

찰. 앗. 다!

머스터드 카드를 들고
똑같은 포즈를 취하면
어떤 일이 일어날까?

뽀로롱

미니 머스터드가 카드 밖으로 탈출했어!

"나와 함께해 주겠니?"

똑같은 표정과 똑같은 몸짓으로
하하 호호 즐거운 시간을 보내는 거야.
옆구리가 아프도록 웃음이 나!

미니 머스터드는 귓속에 대고 말해 주었어.
토끼는 깊은 산골 동백 숲 속에 있다고.

난 다시 모험을 떠날 거야.
모험과 상상은
어쩌면 우리 가까이 있어!

인생은,
주사위던지기

있는 힘껏 주사위를 굴려 줘.
어떤 숫자가 나와도 상관없어.
넌 지금 너무 잘하고 있어.

덩크 슛

고난이도
투핸드
덩크슛

부루마블의 신 황태자   올리고   밀어서

서울 점령   뉴욕 점령   황금 열쇠야

또 굴리고   띄워서   가운데로 좀

날아랏   가운데로   날아랏

나에게로   아이고 힘들어   스트레칭

잡았다   하나 되어   하하 즐거워라

그렇게,
웃 어 줘

네가 힘들고 지쳐도
내가 재미있게 해 줄 게.

내 맘을 담은
행운의 비행기

정확히 조준했으니까
한 번에 받아 줘.

누가 비행기를 던질까?

순간 이동

이곳은 어디일까?
저 성 너머에
다른 계절로 통하는 길이
있을 거야.

매번 사진이 준비한 것만큼 잘 나오지는 않는다. 소품을 바리
바리 싸들고 계획한 장소에 도착했는데, 해가 뉘엿뉘엿 하는
바람에 기존의 8배 속도로 촬영을 한 적도 있고, 사람이 많아
서 그냥 돌아온 적도 있다. 한참 뛰어다닌 후 숨을 8배로
헐떡거리는 내 모습을 상상하니 조금은 웃음이 난다. 하하.

빨강

가을,
색을
입다

그리고 노 랑

피리 부는
소녀

휘릴리
개굴개굴
휘 릴 릴 리

먼 들의 끝
갈대숲에서 들려오는
가을의 소리

Chapter 4 코끝이 빨개지도록

겨울 나라의
문이 열리고

오래 기다리고 있었을
겨울에게
차가운 바람을 가르고
달려가는 거야.

토끼를 만난
머스터드

주저앉고 보고 싶었다 말할거야!
주저 말고 그렇게 웃어줘.

네가 동백나무 숲에
숨어 있다는 소식을 듣고
코끝이 빨개지도록 찾아왔어.
두 계절을 돌고 돌아

지금 바로 네 앞에 있어!

꼭 꼭 숨어라

눈을 감아도
어디든지 널 찾을 수 있어.
아직 너에게 들려줄 이야기가 가득해.

가도 가도 끝나지 않을 모험의 끝에서
너를 꼭 만날 거야.

변신 중

변신 완료

작전
수행 중

작전명 : 퇴근
저 집에 간 거예요.

이렇게 숨으면 안 보이겠죠?
아이 추워 외투를 깜빡했네.

아 쫍아

진짜 쫍아.

산,
토
끼

어디 어디로 가느냐

어차피 입고 다니지 못할 옷을 수집하곤 했다. 한마디로 관상용 옷인데, 보기엔 정말 예쁘지만 평소에 입고 돌아다니기에는 부담스러운 그런 옷 말이다. 그런데 신기하게도 명랑 만화 속 주인공이나 입을 법한 옷들도 사진 안으로 들어가면 시너지를 발휘한다. 이렇게 활용하게 될지 예상하지 못했지만 지금 생각하면 참 잘한 일 같다.

나무에
열선이

따뜻한 너의 온기

초등학교 저학년 때였나, 나무에 올라가는 게 정말정말 재미
있었다. 맨손과 맨발로 가벼운 몸을 훌쩍훌쩍 들어올렸다.
더 높이 더 멀리 올라가고 싶은 욕망은 그때도 여전했던 것
같다. 하지만 얼마 못 가서 나무 중간쯤 달려 있던 쐐기에
물려 자유낙하 하게 되었고, 그 후로 다시는 올라가지
않았다. 할머니께서 약 대신 왕소금을 이마에 벅벅 문질러
주셨는데, 유감스럽게도 쐐기보다 왕소금이 따가웠던 기억이
더 크다.
겁 없이 본능을 따라 행동했던 어린 시절이 마냥 그립다.
어른이 된 지금은 가지에 벌레가 있는지 확인하는 습관
이 생겼다.

춥고 배고프고...

눈 가지고 장난하면 안 돼요 돼요.

으덜덜덜덜…

두 손을 싹싹싹싹
이 정도 추위쯤이야.

아따 좋다!

당신을 프레임 안으로
초대해요.

구름이 안 들어가아 아 아

내 프레임 안에
들어와 줘요

당신만의 이야기를
내게 들려주세요.

6살 때쯤인가, 미술학원 선생님께서 그림마다 별표 스티커를
붙여 주셨다. 가장 잘 그린 그림에는 별 5개. 어렴풋한 기억
을 떠올려 보니, 처음으로 별 5개를 받은 내 그림은 하늘 반,
잔디 반의 굉장히 단순한 초록 동산이었다. 저 멀리 뛰어오는
나를 포함하여…
요란하고 현란하게 색칠을 많이 한 지난날의 그림보다,
아주 단순한 그림으로 가장 큰 점수를 받았다. 그 어린 나이에
의아한 감정을 처음 느낀 것 같다. 선생님께서는 어린아이의
눈은 바로 이런 것이라며 좋아하셨다. 놀라운 것은 내 사진
을 주욱 보고 있노라면 그때 기억이 되살아난다는 것이다.

하늘 반, 땅 반. ✦✦✦
하늘 반, 잔디 반. ✦✦

가운데 즈음 수평선이 있고 그 중간에 내가 있다. 어김없이
나는 달린다. 세상을 다 가진 듯 기분이 좋다. 그때 어린 시절
의 기억은 성인이 되어서도 자연스럽게 나타나나 보다.
꾸밈없이. 요란하지도 현란하지도 않게.

구름을 흔들면
눈이 내릴까

흔들흔들하면
솜사탕맛 눈꽃송이가
펑 펑 펑

어젯밤 꿈속에
내가 만든 구름 타고

하늘을 날 뻔했지.

구름
배달
서비스

눈꽃송이 가득 품은
구름을 배달해 드려요.
어디 있든 상관없어요.

이번엔 꼭 날아서!

머스터드 친구
오렌지

비슷해 보이지만 다 다른 친구들...
이 중 머스터드색 오렌지 친구는
어디 있을까?

내 이야기를 듣고 있다면,
내 이야기가 가슴에 전해진다면,
어서 나타나 줘.

봄이 찾아오면 새로운 세계로 또다시 떠나는 거야!
머스터드는 항상 네 옆에 있어.

From. 당신의 기분 좋은 친구
머스터드가

당신에게 드리는 기분 좋은 에너지